冬日里的小兰花

DONGRILI DE XIAOLANHUA

李关君 著

敦煌文艺出版社

图书在版编目（CIP）数据

冬日里的小兰花 / 李关君著. -- 兰州：敦煌文艺
出版社，2019.5（2021.8重印）
ISBN 978-7-5468-1736-1

Ⅰ. ①冬… Ⅱ. ①李… Ⅲ. ①诗集－中国－当代
Ⅳ. ①I227

中国版本图书馆CIP数据核字(2019)第087943号

冬日里的小兰花

李关君　著

责任编辑：余　琰
装帧设计：陈　珂

敦煌文艺出版社出版、发行
地址：（730030）兰州市城关区曹家巷1号新闻出版大厦
邮箱：dunhuangwenyi1958@163.com
0931－8152307（编辑部）
0931－8120135（发行部）

北京一鑫印刷有限公司印刷
开本 880 毫米 ×1230 毫米 1/32　印张 4.625　字数 100 千
2019 年 6 月第 1 版　2021 年 8 月第 2 次印刷
印数　1001~3000 册

ISBN 978－7－5468－1736－1
定价：36.00 元

李关君诗歌传递的美和情（代序）

式 路

　　怎样的诗才算好诗？一百个读者会有一百个读者的不同审美标准，你以为美的，别人也许并不认为美，每个人的阅历、修养不同，看待事物的观点自然有所差异。即便如此，诗人的呕心沥血，倘能在读者心里哪怕掀起的是微波细澜，也应视为创作的成功。因为，在我们的阅读中，不乏读了三卷五本，却不知所云，如坠烟海的诗人自以为绝世之作的文本。近日读李关君的诗作，感到最珍贵的就是他的诗歌所传递的美和情。阅读的过程中，一股发自内心的敬意油然而生。

　　李关君诗歌的意象是美的。美是读者的感受，也是作者的诗词造诣在他的创作中的自然呈现，更是他的心灵抚摸客观世界形之诗歌的投影。诗歌传达的美境，是作者心灵美的再现，是作者的善良和温情关照现实世界时闪耀的灵光。一个心灵恶毒的人，他看世界时满眼都是丑恶和罪孽，满眼都是对这个世界的憎恨和仇视。所以，我以为，美，是人性，更是个性，是一个人的世界观的体现。诗歌，作为供他人阅读的作品，客观上就具有无限传播的可能性，它就应该是美的东西。这样才能感染和教化读者，通过阅读美的作品，感受作者美的心灵，感受大自然的美、生活的美，让人间充满温情，充满爱心，让每一个读者都对未来充满渴望和歆羡，这就是它的美学意义，也是它的社会意义。李关君的诗就具有这样的美学意义和社会意义。

他的《暖心》具有代表意义：

一只黑狗
在河边，仰起头凝望
夕阳的余光一闪而过
孤独的身影，瞬间幻化成
一缕黑烟

波光粼粼的湖面
谁在晚秋遗落，满河谷的碎银子
还有无数
眨眼睛的星星

古人说，诗中有画，画中有诗，这样的诗便是好诗。这首诗已具有了这样的品格。像是一个镜头特写，像是一幅油画，当然是一首诗。画面是那么鲜明，诗意是那么浓郁，诗情与画面的交融是那么自然，读之，自然打动读者，吸引读者目光，给读者传达的美境是显而易见的。环境是河边、夕阳、黑狗，色彩反差是鲜明的，这是静像。静像看上去就很美，美中藏着诗情。诗意并非仅此，还有动像：当狗在夕阳斜照的傍晚跑向远处时，说狗跑动的身影是"一缕黑烟"，这样传神的描绘，没有对生活的细致观察和遣词造句的修炼是绝难完成的。诗写到这里，应该说，已经完成了一个意境的表述，也可以结束了，但作者并未至此作结，而是进一步细致地描绘河水的情景。河边的狗跑向远方，目光自然落在仅剩的河水和河岸了。作者仍采用动静结合的手法，给读者留下难以磨灭的印象："波光粼粼的湖面"在晚秋的夕阳里看上去，就像是一河碎银子在作响。多精彩的描绘，依然是强烈的画面感的凸显。接着，作者又打了一个比语，说河水的微波在夕阳下看上去像是无数星星在眨眼。拟人化的描述，无形中强调提升了所写之事物给读者的印象。这里，需要特别说明的是，作者把时令放在晚秋，这不是简单和随意，而是独具匠心的用意，只有选择晚秋，河水才具有肃穆和冷峻的神情，才有了银光和硬度感的视觉效应，才更具表现力，微波在夕阳下的闪耀才更像星星在眨眼。再看意境和题目的照应，题目是《暖心》，晚秋的气候自然有几分清冷了，河水清澈、寒凉，可有夕阳斜照，一暖，一凉，对立存在着。再感受全诗描绘的意境、画面和诗中潜藏的作者宁静的心情，自然就有一股温馨的感觉了。温情宁静的心绪，作者虽不着一字，但我们通过诗人的全部描绘仍然能感受到。动静结合不断交替的画面，汇成了美的情景，美的展现，美的感受，这就是这首诗强烈的美的感染力。再看一首《绽放》：

清晨的小鸟叽叽喳喳

吵谢了桃花，惊醒了梨花

熟睡的人儿不想醒来

续个好梦，翻身在春天清晨

树上的绿芽柔嫩，世界已然缤纷

春天真来了，花都开了

鸟儿跳跃蹿动

把花香沾满全身

这首诗同样给人美的享受。拟人化的描写，让春天给读者心里留下灿烂美丽的印象。作者心灵的纯洁,作者的温情、善良和对自然的热爱,依然让我们感同身受。第一节,写情景,呈画面,摆布景象:清晨、小鸟、桃花、梨花、梦,这些名词就像绘画的色彩组合,斑斓、优美、诗意。小鸟吵谢了桃花,惊醒了梨花,悦耳的鸟鸣是怎样地经久不息,桃花在鸟鸣声里谢了,梨花在鸟鸣声里开了,一个"吵"字,一个"惊"字,一个"谢"字,一个"醒"字,让桃花和梨花都有了人的意识和感觉。更重要的是,在春天里做春梦的人尽管不想醒来,可还是被鸟儿的鸣叫唤醒了。这是一幅恋春图,全是动态的呈现,是一个接一个急促的画面更迭和诗意呈现,给读者又营造了一幅闹春图。第二节,突然把视野一下子放大,由清晨一下子扩展到整个天地。说"树上的绿芽柔嫩,世界已然缤纷"。我们可以想象到,春天来了,百花竞放,万物复苏,春意盎然,春情无限。这是多么令人心旷神怡的美好时刻,"晴空一鹤排云上,便引诗情到碧霄。"作者描绘的正是这样的诗情画意,抒发的是对春天的贪婪,对大自然的热爱,是对喜悦的托物抒发。因为春日的风和日丽,作者看鸟儿的跳跃,感受到的是"把花香沾满全身"。春天里,鸟儿飞动时,好像它们的翅膀上、身上都沾满了花香,它飞到哪里,就把花香带到那里。春天,就是香满人间的世界。这样的春天,怎么不叫人热爱,不叫人留恋歌唱呢。作者描写的美,不仅是自然的美,更是对美的高歌。作者生活在改革开放 40 年后的今天,人民生活的巨变,社会的巨变,我们的国家由贫穷落后变为不断富强,所有这些,都让作者无时无刻感受到生活的幸福,心情的愉悦,所以,充满作者心灵的是美的无处不在,这种心情,直言之,是现实生活在作者心灵上的投影。诗言志,心中不正,则眸子眊焉,心里有了春天,满眼都是春天。所以,我认为,作者对大自然的赞颂、歌唱，其实质，是对今天我们这个时代的赞颂和歌唱。类似这样的诗篇，在这个集子中比比皆是，这里只举其一二。

对情的抒发，是这本诗集的又一特点。诗不是说理的，诗是表意传情的，且是形象地传递，不是说教。以情动人是诗中应有之义。作者很重视情的抒发，不仅让诗具有美学特质，更有情义传达。就像一个人，不仅具有外表的美丽，更有内在蕴涵。这样，诗就有了风骨。《牧民》就是这样一首诗。也许是作者行走时经过牧场，也许是作者在车窗口远远看见牧民的帐篷、草地、牛羊，也许是作者心里忽然浮想起牧民的生活现场，但作者的心灵感受是真实的，表达是真实的：

心里挂念着牛羊
还想铭记住这里美好的一切
让灵魂牵引
我想触摸牧民们
低低矮矮一排排土房
我想躺在晒干的牛粪上
嗅着世界本源的清香

我想拥抱一份真实
牵着她的小手
在辽阔的草地上漫步
我想带着她
细数点点野花和蘑菇
不伤害不采摘
独享自然的生长

因"心里挂念着牛羊，还想铭记这里的一切"，便想触摸牧民们低低矮矮的土房，还想躺在晒干的牛粪上，嗅一下世界上本源的清香。这是何等彻心彻肺的表白，这是用自己的心去贴近泥土，贴近牧民的生存现状，体恤、真挚，多么厚重的情感。这里，我们会不由自主想起艾青的名句："为什么我的眼里常含泪水？因为我对这土地爱得深沉……"两位不同时代的诗人，在表达对生活对土地的热爱上是何其相似尔！如果说上节仅仅表达的是作者看到牧民的生活场景以及作者内心感受的话，那么下节则是作者情感的进一步升华了：我"牵着她的小手／在辽阔的草地上漫步"，"我想带着她／细数点点野花和蘑菇／不伤害不采摘／独享自然的生长"。特别是"细数点点野花和蘑菇"，多富有诗情的佳句，一下子让全诗有了看点，有了情韵，如一石击起千层浪，因一句诗的出现，整首诗一下子就站了起来，充满活力，境界全出。细数这首诗的意象，其实并非全是美景，倒是极为朴素的景象，无非是牛羊、牧民、低矮的土房、晒干的牛粪等等，却因倾注了作者真挚的感情，便使这些庸常的景物一经情感普照，一齐披上了绚丽的轻纱，变得圣洁而美好。更难能可贵的是，面对遍地的野花和蘑菇，不伤害不采摘，让它们去自然地生长，这样纯洁美好的心情，这样细腻深厚的爱，如同一颗晶莹的露珠，在阳光下是那么明艳，一万年都不想让它滴落。绵延深厚的情感在他的许多诗中都可看到。《合欢》的最后一节这样写道：

我揽住熏人的飞红

灵动的体态，秀美的花容

抚顺她吹乱的头发

梳理掉没着没落的冷清

相拥而栖的对叶里

一朵朵花仙左顾右盼，倩影飘动

依然是诗意的展现，对合欢的爱，对生活的爱，对所写景物的用情一目了然。这里，"熏人的飞红"，"一朵朵花仙左顾右盼，倩影飘动"，是多么优美的景象，作者倾注在这些景物的情感是那么浓郁而浪漫。依我的理解，合欢应是美的象征，理想的托物，是真善美的合一，对她的爱，对她的赞颂，充分体现了作者对真善美的追求，表达的是对人类对所有美好景象的热爱和企盼，是个性情感的衷心表述。《迷恋》同样感人至深：

我唯一想不明白的

是你悄无声息的别离

我已离去

但在转身离开的地方，一瞬间

远处似乎还留有你迷恋的目光

许多人啊

不只是见一面那么简单

那还不够，面对离去的身影

静悄悄看着，默不作声

那得有多么沉重的思念

压在心底发不出声来

看上去，这是一首写恋情的诗，或是对邂逅的回味，离别的情景在作者心里久久不能忘却，如在眼前。对面的人已离开此地，自己也不得不离开这里，但在"转身离开的地方，一瞬间"，"远处似乎还留有你迷恋的目光"。大有"执手相看泪眼，竟无语凝噎"的情景，有"想哩想哩实想哩，站在面前还想你"的爱恋；爱，是如此刻骨铭心，就因这情感的表达，就因这精妙的诗语，才收到了强烈的艺术效果。可见作者对诗语的锤炼是多么用心，否则，再深的情，如果没有精准的诗句表达，依然无济于事。到了下节，这种思念和迷恋的心情仍在发酵扩散，"那还不够，面对离去的身影""静悄悄看着，默不作声"。面对面却无声，"那得有多么沉重的思念压在心底"才"发不出声来"。诗到最后，情到至深，已抛开了委婉和借代，成为赤裸裸的大声呼喊了。这是一种撕心裂肺却无声的述说，是爱到极深后的无语，是情到至深时的呼喊。总之，我们不能不被作者表达的情、传递的爱深深打动。

读完诗集，深深感到作者为诗的能力是极为强大的，在他的眼里，山水沟陵，草木虫鱼，风花雪月，皆为诗行，信手拈来，都是他托物言志言情的表达。而且，时不时常有惊人之语，这使他的诗充满了对读者强烈的吸引力。总体上看，我以为他诗里所传达的美和情是它们的共同禀赋，是一脉相通的两个特质。诸如美学大师宗白华所言："艺术须能表现人生的有价值的内容，这是无疑的。但艺术作为艺术而不是文化的其他部门，它就必须表现美，把生活内容提高、集中、精粹化，这是它的任务。"同时他还说："在一个艺术表现里情和景交融互渗，因而发掘出最深的情，一层比一层更深的情，同时也透入了最深的景。一层比一层更晶莹的景；景中全是情，情具象为景，因而涌现了一个独特的宇宙，崭新的意象，为人类增加了丰富的想象，替世界开辟了新境。"李关君的诗，是具有了这两种品格的。

2019 年 2 月

　　式路，原名陈睿达，原礼县文联主席，著有散文集《如花的微笑》，小说集《蓝瓦》等，有作品在《飞天》《朔方》《绿洲》《当代闪小说》《杂文月刊》《中国文学》《小小说大世界》《散文世界》《中国散文家》《华夏散文》《驼铃》《陇苗》等20 多家媒体发表。

目 录

牧民

心里挂念着牛羊

还想铭记住这里美好的一切

让灵魂牵引

我想触摸牧民们

低低矮矮一排排土房

我想躺在晒干的牛粪上

嗅着世界本源的清香

我想拥抱一份真实

牵着她的小手

在辽阔的草地上漫步

我想带着她

细数点点野花和蘑菇

不伤害不采摘

独享自然的生长

穿行

当红彤彤的晨曦

洒满大地

我恰好坐在火车上

透过玻璃车窗

也感受到一缕温暖

多想来一次长途跋涉的旅行

却一次次搁置

当湿漉漉的秋雨

飘洒在尘世

我恰好穿行在喧嚣的长街

站在城市的某个角落

我无处可躲

微微的雨丝拂过脸庞

凉意蔓延心脏

多想走上回家的路

不再如浮萍般流浪

合欢

合欢树下
我背负了一身青涩
无法拾掇昔日的荣华
合欢粉扇一般的笑容
迷乱我忧郁的眼神

我望着合欢花
想起虞舜南巡的背影
娥皇女英的精灵
她遮挡如烤的烈阳
撑开如伞的绿荫

我摇醒寂寞的桃红
一个流光溢彩的梦
梦里堆堆绒球亦幻亦虚
在青翠的对叶里
流动娇羞的红晕

我揽住熏人的飞红

灵动的体态，秀美的花容
抚顺她吹乱的头发
梳理掉没着没落的冷清
相拥而栖的对叶里
一朵朵花仙左顾右盼，倩影飘动

喜悦

秋天幸福着

让蜜蜂、蝴蝶和蜻蜓

都躺在野菊花上

轻轻嗅着

多汁的果香和暖暖的秋阳

一只只萤火虫

在朗月星空里

飞来飞去

像那渴望被爱的嫦娥

只在长夜

舒展腰肢，翩翩起舞

不说秋日里的凋零，只记落叶里的多情

蒹
葭

清晨，我从露珠里醒来，带着残梦
头发里还夹杂着昨夜大风刮过的芦花
来不及换洗领子里的芦叶
清晨醒来的第一眼
我看见河畔蒹葭身上的露光

河水静淌，你就在我的身旁，体态摇曳
如同每一株蒹葭立在河水中央
你是伊人，从《诗经》中走来
我看见你轻盈飘摆的彩色裙带

假若你是我的伊人，清雅静姝
流年过后，变成白头的芦苇
你把花仙一样的魅惑
和美丽，刻在每一颗露珠的心里
我会依旧在河边等你

倘若我是你的吉士，清骨傲岸
历经苍茫，蜷曲身子，头染白霜

我把亘古不变的寻觅

和思念，深藏在稠稠的芦荻丛

你仿佛就立在河水中央

小
路

那年
我走过那条小路
爬到高高的山冈
山风吹干我脸颊的汗
我看见山腰的桃花
只是含苞

那年
我走过那条小路
了无牵挂一身无忧
我看见精灵一般的小野花
一朵朵肆意幽蓝

那年
还有一朵朵蒲公英
黄色纯粹亮眼
一心只为了朝拜
却被路人掐断了根部
止不住淌出白色的乳汁

那年
我目送
脚下匆匆爬行的蚂蚁
舞着亚麻色的触须
撩拨穿行在
松针间

那年
我头顶着辽阔蓝天
曾无数次渴望
一双丝绸般柔顺的手
清凉拂过我深情的
眼眸

那年
我登高远眺
喝一瓢
青涩的山泉水
把回忆封存
并洒满小路

猫尾草

细细长长的身子
撑一颗大大的脑袋
在春夏秋冬四季轮回里
随处兀自站立

也是具备了智慧和才学
却谦逊而随意
低调不张扬

不与世争，绝缘是非
它拥有一颗未泯童心
只为生存和情趣
憧憬着浪漫生活

它迎风摆动
随意几下，便舞出了自己的姿态
和轻柔

它从石缝里钻出

惊扰了虫子的梦

只为增添一抹绿

它在雨中迷醉

在无数岁月里累积

希冀会冲出土壤

飞向那无尽的天空

柳
枝

一条飘柔的柳枝
在温和的风里
露出了嫩嫩的脸
我禁不住想拿它
编一对春天的翅膀

我想坐在
峭壁的石头上
傍在野草的身边
用细细的柳枝
把睡眠中的虫子，吵醒

我想躺在
软软的沙滩上
枕在幽蓝的野花上
用缕缕的柳丝
梳理河水的波浪

春天就是

柳枝上的芽苞

一个个盖着被子睡觉

翻个身

就会嗅到

泥土的味道

冬日里的小兰花

当河边的芦花
伴着火红的枫叶
纷飞
我把一朵朵
秋末的小兰花
夹入了诗集的扉页

放在随手可得的
任何角落
叠加在
心房的最里层

摆在格窗的
阳光下
让温暖浸透
厚厚的铜版纸

待到明年
花开蝶舞的季节

我要带你采撷
绿的嫩芽
和色彩缤纷的花苞

再掬几滴春露
在晨曦里蒸发
幻化成
你的模样

日出

苍茫的雪地上

一只飞鸟

从低空掠过

迎着

一轮浑圆的太阳

太阳

一只浴火重生的凤凰

圆圆的光晕

伴着火红的羽翼

飞向

无边的苍茫

车窗在摇晃

飞鸟又消失

日出已一竿

唯你一动不动

不言不语

沉思着永恒

早晨的风

早晨的风有些微凉

犹如薄薄的一层轻纱

抚过我懵懂的脸颊

总让我感到一阵清醒

早起的蝴蝶翩翩飞舞

邂逅在路边角落

停在粉色的牵牛花

她是秋天独有风采

比所有的夏花还要美丽好看

微微的树叶在摇摆

秋天的树叶啊

如你那双残破的手

洗掉了多少夏日繁杂

让我身心倍感轻松

可是谁又知道你的疼痛

匆忙的人儿啊

不要起得太早
不要被生活逼着变老
把所有的烦恼都抛掉
苦难不是独属你的
每个人都应该幸福

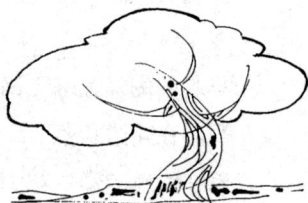

孤独

当夜色沉淀了孤独

当一切都安静

月亮便脱光了衣服

在河中不怕羞涩地

露出皎洁的身子

洗着又一日铅华

当城市的孤独扑灭了喧嚣

当小草挥舞衣袖

河水早已习惯静静流淌

树叶便耷拉着脑袋

在蛐蛐浅唱的催眠曲里

打盹迷糊

当星星独守空房

不眠的云朵一直陪到天亮

解
冻

当寒冬迎面遇到暖阳

不用刻意招呼

一切都在你甜美的笑

宁谧的眼神中

蔓延无限爱意

心中便重复着无数次碰撞

拥抱和亲吻

当一个形单影只的人

心里装满思念

在冬夜里蹒跚

行走在路边

哈一口热气，伸出双手

穿过冷冬包裹的虚空

迎合路灯赶散了冷清

冬天溪边的灌木丛

又化成了冰的模样

迎春花悄悄在开

就在昨夜
在遥远的小镇里
黄色的花蕊像一团炽热的火
掩饰不住你微红的脸颊

就在那天送行的车窗
我望着你幽幽的眼神
孤零零而纤长的身影
你比任何时候的美丽
都让我刻骨铭心

伤
悲

你在这里哭泣，泪滴顺势滑落
对着一位未曾谋面的男人
内心的苦楚，道尽缘由
眼角的愁云堆积，心生几分怜悯
真不该有如此重的伤悲

前半生的来路，后半生的归途
对于岁月来讲，都已无关紧要
一个女人最美的青春都已耗尽
所有的恩怨都已成为烟云
曾经的坚守早已崩塌
只剩深夜里内心怦怦跳动的扣问

吸血精灵

蚊子有毒
隆起的疙瘩
像一堆堆小山丘
遥相呼应
讽刺着多肉的我

减肥已经势在必行
倘若只剩了粗皮
还有腱子肉
畜生的柔嫩吸管
还能否穿透

无论如何
我要来一次绝杀
关闭所有门窗
点燃无数蚊香
我要你尸横遍野
这些吸血的精灵

牵挂

红色的泥土

本该静躺在磐石上

与扎根在红泥里

直立的绿树

平等相望

协力守护脚下

共同的根基

但多事的

无休止的雨水

总爱自以为是

一次次将他们拔起

掀翻移位

最后又黏合到一起

滥情的雨水

撺掇到一起

发了疯似的

冲毁默默坚守的马路

摧毁红泥垒造的房屋

一个个迎风而立
又潇洒的绿色倩影
已消失于无形

一块块朴实无私
包容宽厚的大地
已经斜倒塌陷

我总是爱着
脚下的红色热土
还怀念
过往无数的足迹
我也深爱着
休闲时踱步
随手扯掉
擦身而过的一片叶子

漫步

太阳底下，走着走着下起了雨
路边的流浪汉，笑得十分诡异
情人们牵着的手握得更紧，脚步急促
路上积水里都是裙摆的倒影
雨水掠过发际，钻进衣领
荧幕般的天空，奔跑着乌云

骑单车的女孩极速而过
单薄的背影无疑是
这座城市靓丽的风情线
珠宝市场很快要打烊，行人都已走光
醉酒的人，装满心事的人
开始闲逛

放生

西山怀里的小城
灯火通亮
它迷醉的面容
映在广香河中

长在胸脯里的庄稼
如同含羞的娇娘
静悄悄在黑夜里
曼舞长袖

河草里的野鸭子
把头藏进翅膀
逆着河风
在梦里悠然徜徉

烧烤的烟火味道
铭记着过往心事
一杯杯啤酒
灌入愁肠

暴雨后的河边

有人摸鱼

我沿着河堤

祈求放生

岸边苟延残喘的生命

相煎何必太急

波光粼粼的广香河

没有回音

远去的身影

亦没有回音

怒火

秋天发怒

想对每一个吃果子的人

破口大骂

每一颗果子都是血汗的结晶

她的怒火四处蔓延

就像发怒时湍急的河水

异常猛烈和冷酷

就像一种思念对另外一种思念

风对花朵的思念

秋天对春天的思念

乞巧

我要提一只不大不小的空桶

去晚霞湖垂钓

不挑地点

不计收获

我只想站在湖边

被晚霞湖的灵气，慢慢浸透

被湖边的雾气，氤氲笼罩

被忽而飘来的烟雨，肆意淋湿

我还要聆听

一群群的乞巧女儿

在湖边游唱

身披飘逸的红衣

面带迷人的笑容

祈求对爱情的渴望

连着悠悠的西汉水

倒映蒹葭的苍茫

我愿做这世间的一粒尘埃

融入这幅恢宏的画卷
里边有神话，有传说
领悟一种民间信仰
对爱情，也对忠贞
我只想围着乞巧娘娘的塑像
做一位虔诚的求拜者
叩首，祈祷
忘却今生

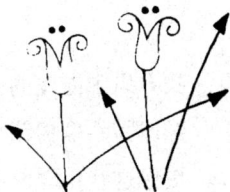

天
上

我还是我，只不过没在地上
远离俗世的烟火，城市和故乡
我坐在万米高空
在蓝色的大海里
与四处游荡的白云
诉说过往

我看风中摇曳的云朵
像白雪，像棉花
更像这些年飘忽不定的忧伤

不一定

雪山不一定冬天才可攀爬
就像凉鞋不一定非得穿在夏天的脚上
白天的白，黑夜的黑
都悄悄溜进日子的缝隙

在山顶膜拜未必会遇见
一位大神，济公
修补破败的膝盖
而在海边一伸脚
却踢碎了
整个浪花的缠绵

神话

这里没有樱花、梅花
只有静默在书桌上的一盆文竹
活成迎客松的模样
静守着岁月
一去不复还

云南的油菜
好看，肆意灿烂
还有稻城亚丁
辽远西藏
只是潜在旅行者一首歌里
独自吟唱的神话

解谜

消瘦的白龙江
有时候比黄河还黄
淡淡波光比月光还要深沉
河水里的倩影
是沉思的女子
与擦身而过的情缘
结下的不解之谜

青春顺着河水流向远方
漂洋过海，变为一朵朵破碎的水花
曾经的伊人，去了外地流浪
而路人甲也去了天堂

潜行

哪里飞来一只百灵鸟，在歌唱
在我行走的路边，黯然的路边
唱个不休

我不禁抬头张望
一条蛇也在路边聆听，信子里的唾液
证明了歌声清亮
无处可躲的阳光刺眼
车窗里意识被消磁
无法退缩，只能狠下心
逆着光，朝着鸟鸣的方向潜行

三叶草

三叶草躺在手心里
空空的，空空的
全身承载着自然和纯真
它没有摇曳云间，紧贴在身边
白色的小花瓣，也开在身边

三叶草有三片鲜活的叶子
如一只只风中飘飞的萤火虫
淡淡月光下的影子，飘洒诱惑
一片片面色潮红
而我是唯一的看客

绽放

清晨的小鸟叽叽喳喳
吵谢了桃花，惊醒了梨花
熟睡的人儿不想醒来
续个好梦，翻身在春天清晨

树上绿芽柔嫩，世界已然缤纷
春天真来了，花都开了
鸟儿跳跃蹿动
把花香沾满全身

厨房

除了生锈的刀
所有的碗筷
都沾满了灰尘
蜘蛛网早已查封了昨日的炉台
锅底黄色的锈斑锃亮
菜板上两颗腐烂的马铃薯
如一双青黑眼睛
盯着一地凌乱的蒜皮

小步推门而入
冲进鼻孔的霉气
呛得人咳嗽、呕吐
这熏肉的气味
把日子都变得迟钝

暖心

一只黑狗
在河边，仰起头凝望
夕阳的余光一闪而过
孤独的身影，瞬间幻化成
一缕黑烟

波光粼粼的湖面
谁在晚秋遗落，满河谷的碎银子
还有无数
眨眼睛的星星

苔

我无意走过墙角
攫获她清冷的姿态
她静静躺在深闺寂寥的院落
悠然望着天空
悉数云聚云开

破梦醒来的苔
茵茵绿在清溪底的卵石上
我停驻在河边
想记住她优雅模样
*丝丝*茸茸，随水波摇荡

深爱的苔，软绵绵在我的心
长得青青葱葱
灵秀的苔
渲染着无尽清幽
她传着玄冥禅意的道
欲要消除
人世间一切的怨愁

打
磨

村里的井水干了
打水的绳子还在摆动
绳子上的指纹
井盖上的脚印
烙印难言的干涸岁月

磨盘早已荒废
拉磨的驴还在
只是围着磨盘号叫
时断时续，真怕一不小心
吼出压在心头多年的怨气

黄药师和黄蓉都不在了
岛上的桃花依旧绽放
村姑的笑脸
似一瓣瓣易碎的桃花
在微风中摇曳
忽然间涌出童年的记忆
在天边的彩云里
慢慢打开

温暖

从你嘴里

飞出来一只只

沾满蜜的蜂

隐隐伏在我的

裤兜、衣袖、领角

涂抹菊花香

你蠕动间

风把火带到了

我的身边

在微冷的秋

熊熊烈焰

照暖一世界

农民

每一垄沟沟壑壑
都饱含着大地的真情
许多块地面上
站立着活的农民
也掩埋着死去的农民

北方的世界
辽阔无际
无数个农民
数十亿农民中的一个个
站立在辽阔大地上的汉子

在车窗里
望着远处的农人
如同一只只蚂蚁般渺小
但宽大的肩膀
扛着繁重的生活与责任
犁碎冰冻的土地
誓死在脚下
种出孕养生命的庄稼

昆
明

在昆明花城，美女在笑
能笑出一堆小酒窝
这是冬季里最后的春天
出了车站，拉皮箱的手就一直没停
变成了一只跳舞的孔雀
春风十里，一时竟忘却了
自己要去哪里

我从大雪纷飞的北方而来
火车上睡了一路
睁开眼，像到了另一个国度
没有寒冷，只有花香
处处是美女的甜笑
这些是自然的美，总被我刻意发现
就像来时送我去车站的师傅
一路上哈欠，冒着热气
又一次证明了日子的匆匆而过

木棉花

木棉花飘飞的时候
正好起风
风跟嘴的方向一致
一口气
吹得整个天池
绿镜子般的湖面
起了皱褶

木棉花飘飞的时候
需要折来一束
放在嘴角吹
一口气
能吹走无数个流年
在轮回等待中
白了头

狩猎

夜，生冷寒凉
辽阔的原始森林
散发着诡秘的宁静、阴森的诱惑
对着星空，燃起一堆篝火
驱赶猛兽虫蛇
耳畔细听鸟兽行走的步伐

有熊出没，还有长着獠牙的野猪
在密不透风的丛林
惊鸟忽即乱窜
风也飕飕，刮得人心惊肉跳

我们守着嗖嗖的火苗
忍受脊背发凉
等待着声声枪响
只有在丛林奔跑的人儿
血液沸腾，全身滚烫

恋季

最适合恋爱的季节
莫过于冬天
冬天太冷，冷得人急需温润
冬天太冷，冷得人总睡不醒
躲在暖暖的被窝里
无数次想对方的容颜
只好在梦里来场邂逅

在这样的季节里
野草枯萎，万物凋零
用一片片荒芜来证明新生
总是在深夜里难以入睡
雨雪纷飞的相思肆意飘散
这些，都可以证明爱的纯真
同样可以证明稍纵即逝的本性

褚橙

在几十层的高楼
透明的水晶玻璃窗边
你问我尝到什么味道
是甜，是酸
或者是酸酸甜甜
一盘褚橙，剥得干干净净
你说吃的是一种感悟

我记不清嘴里的味道
分不清酸甜的界限
我只记得那天的昆明
阳光很暖，天空很蓝
那一盘褚橙瓣瓣浅黄
清晰如同人生轨迹
又如送别时秀发半遮的脸庞
挂着的那一团彩云

红嘴鸥

怎么有这么多红嘴鸥
在滇池、翠湖、护国桥
立在岸边，游在湖里，飞在天空
惹眼的红嘴、红脚趾、白羽毛
一路走过大理、丽江
是西双版纳的游人
在这个季节，难以抹去的记忆

她们来自西北
同样来自辽远的西伯利亚、欧洲
迁徙只为躲避寒冷饥饿
过几天有人喂养的舒适日子
喂养的人亦是远道而来
站立或半蹲着身子
忘却前世，忽略今生
手里的面包被随意叼啄
脸上洋溢着快乐
就像此刻短暂的幸福

游
走

一路山水间走过

那么多梦里画卷

我仿佛经历了一场蜕变

从无趣到有趣，从荒芜到生机

从点点滴滴到汹涌澎湃

抓不住太多烟雨

带不走一片湖泊

就假装捡一抹江南的绿

打包装进行李箱

记住回眸间翩翩而过的红叶

让我们一起去小江南

修一座独院的房子

再建一个池塘，养很多鱼

周边栽满翠竹

烟雨中脚步随意游走

忘掉所有的忧愁

迷
恋

我唯一想不明白的
是你悄无声息的别离
我已离去
但在转身离开的地方，一瞬间
远处似乎还留有你迷恋的目光

许多人啊
不只是见一面那么简单
那还不够，面对离去的身影
静悄悄看着，默不作声
那得有多么沉重的思念
压在心底发不出声来

风
月

你穿透时空的叫声
让我心悸，又让我欣喜
我喜欢风把树紧紧抱在怀里
摇晃着迎风嘶喊，再次尖叫
让尖叫声可以肆意游走
把我的耳膜穿透
把我的身体融化

我想留住生命的活力
铭刻石雕般，独特如你
有着万千姿态
万千世界的美
就像你自己言说的
总有一种东西让人难舍
难以忘怀

湘江

湘江的夜，静悄悄
湘江的早晨，雾蒙蒙
湘江边，有冷暖自知的温度
恰如缠绵的温情
湘江边，有波光粼粼的轻柔
有难以斩断的忧思
湘江边，有风
风吹得人全身酥软
湘江边，有雨
雨拂得人面容温柔

湘江边的邂逅
总是不经意间的抬头
湘江水悠悠
收藏了不知多少离人的忧愁

缅怀

你从一段岁月里走来
走出了那一片魂牵梦萦的故土
走出了那片竹林
经过长满荷的池塘

你年少立志出乡关
走向了全国
走向全世界
成了一代伟人
我来到你的故居
沾染这里的灵气
感受少年经历过的
往事，足迹

来自四面八方的人
颂扬你的抉择
你的付出，你的辉煌
所有人走进一湾绿洲
几间土屋、木舍

走进了一个时代
走进一种精神，传承

竹林，包裹着家的避风港
也护着一地的白菜异常肥沃
我们其实看到了很多真实的存在
在每个人的心底里
在每一个人的眼睛里

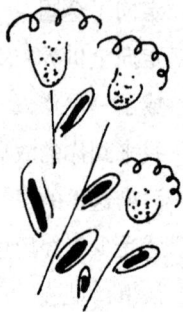

岳麓书院

散落一地的野酸枣
带着露，也带着雨
四处散落一地
我来到了最古老的书院
却什么都带不走
我只能围着酸枣树
捡拾一颗颗野酸枣

我带不走文化积淀的泥土
带不走它历史流淌出的智慧
更带不走厚重的砖瓦城墙
我只能带走一份思念
一份邂逅，一颗颗蜕掉皮的酸枣核
就像带走了这里的
一个个子民

班蚂蚱

班蚂蚱，很神奇的一个名字
她并不会蹦蹦跳跳
倒像一朵贴在枯墙上的蒲公英
对抗恶劣的环境，还坚强活着
开几朵卑微的小花，黄得刺眼
迎风诉说一路走过的辛酸

班蚂蚱，是个藏族妈妈
随手薅一把草，就能喂头骡子
抓一把麦麸，就打发了头猪
她年近七旬，腰还挺直
赶着院子里捡虫子的母鸡，也很精神
她单薄的身板，扛起了一个家
还有山梁上所有农活

高山顶上的油菜花，有些慵懒
烤焦的土地上，苦香的味道飘满山坡
强曲山有个最原始的部落
班蚂蚱身穿藏服，色彩斑驳

拔河

你像一只蚂蚱
被拴在粗壮的绳子上
四肢离地，身子前倾
头还朝着前方

实则，我们都是蚂蚱
并且被拴在同一根绳子上
荡来荡去，没有终点
只不过你很瘦
单薄的身子
愿意被串在最前方
你的呐喊
让攥着绳子的手更有力气
你的精神
让掏空元力的身体
坚持到永不放弃

合体

一辆刹不住的大卡车开过来
刹不住速度
横冲直撞的大卡车
两个车头，三个轮子
带着满满的惯性
能穿透城墙和建筑

两头惹怒的斗牛
也向前奔来，发疯了
带着呼啸的烈风
腿上还拴着红绳子
从一头奔向另一头

又如一支离弦的箭
要划破苍穹，与天争斗
一切都无法阻挡
多具肉身都无法夯住
你却在末路
伸出一双有力的大手
挺着发烫的胸脯

宿命

某日去公园里散步
风吹起一片片叶子，掉落的声音
清脆，像极了琴键上的音符
熟悉的旋律煽情，就连池塘也荡起
层层波纹
鱼儿浮出水面，露出嘴
亲吻着岸边零落的花瓣

公园的走廊里，风未曾停歇
把一朵朵火烧花也摇落
纷飞的花瓣像很多张笑脸
素未谋面，却又似曾相识
我不得不承认这些巧合
皆来自宿命

花开的时候想你

当我每次在花海里睡去
头枕着一朵朵云花
就会想起你
想起我们年少轻狂时
纵情欢悦的模样

就在淞沪路，法国梧桐也在开放
迎着风，肆意地摇曳

我或许错过了许多美景
包括深巷里惆怅的丁香
伴着雨丝清凉
但我却躲不过一串串风铃
带着紫色的忧郁
在海边，传唱着清脆的思念

家

家，一个很复杂的汉字
屋里的家具，摆设的小玩意
却给不了温暖
每日重复着动作
开灯，关灯
开门，锁门

有时候，家
对一些人来说
就是一把牙刷
和一支牙膏的关系

有时候，回家
就是念念放不下
池子里不断死去的小鱼
和阳台上饥渴的花

高山梁

高山梁子上有个大别墅
满院子跑着活物，还有奇花异草
梧桐花太放肆，占据多半个山梁
吹着一个个小喇叭

每一棵树，不用刻意修剪
都站直腰杆儿，摇着叶子
用手赶着春风
往路过的人脸上吹

这里一切都是自由的
没有时光的流逝
没有多余的往事
一排排杨柳，随意摇曳在风中
自然地生长

擦鞋匠

街头转角处坐着一排擦鞋的女人
两只眼睛不住打量过往行人
一旦开始忙活，就变得一声不吭
抹布、鞋油、刷子都是手中的武器
一根烟的功夫
粗糙的皮鞋开始闪着亮光

我始终没能看清她们眼睛
就连收钱时也是低着头，语气平缓
我想她们一定是贴心的女人
或者努力打拼的母亲
她们擦拭的是路人脚上的尘土
我擦拭的是蒙蔽在心头的善恶

羊肉

去年的元旦，嘴还搭在碗边
来不及吃一口山羊肉
便跑到了马路边，听跨年的钟声敲响
对着满天雪花许愿
雪花一片片曼舞，落在发髻
修长的眼睫毛微闭，菩萨一般神圣
显灵总是不经意间

今年的元旦，还想吃那碗羊肉
昔日羊肉馆早已倒闭，美丽的老板娘
不知去向
门外的雪，下得比往年更厚实
大地被白色所覆盖
就连麻雀跳起舞，小小脚印
都显得那么虚无浅淡

鱼和流浪汉

一条脏水沟里捞上来的鱼
满身腥臭，像一个好多年未洗澡的流浪汉
装盘摆在餐桌上，很多人吃到嘴里
人的胃，强大到什么都能吃
对于身上的异味，毫无半点察觉
其实，就连鱼自己也不知道身上的味道

鱼可以来自小溪、河流、池塘
还有多水的湖泊、大海
鱼可以去很多地方
石头缝、沙漠、沼泽地
玻璃缸、冰柜、厨房

鱼跟流浪汉相比，其实并不可怜
只要有水的地方，鱼就有家
鱼，每天并不痛快，也不哀伤
眼泪流到水里，分不清是喜是悲

聚餐

人一生要走多少条路
才能看清楚路途的曲直
就在今夜，逆着白龙江
我们在狭窄的山路上疯跑
跟交警擦身而过
扬起一路熟悉的尘土

驾车疾驰，要赶着把剩下的路全都走完
路无所谓长短，更无关喜忧
冥冥中每条路都似曾走过
我们好像一直行走在熟悉的路上
元旦来了，大家必须聚在一起喝几口
自酿的苞谷酒，就着柿子干儿
再聊聊过去一年的心酸

命运

一只来自农村的鸡
被喂养在高楼大厦
住过宾馆，见过形形色色的市民
过着衣食无忧的日子

它在长达一个月的时间里
喝着矿泉水，吃着火腿
每日听着闹钟睁开眼
纵情活着，像城里人一样潇洒
可它忘却了，不久要上餐桌的命运

舞姿

孔雀身上最长的那根羽毛
捏在手里，随风左右摇晃
空中划出一道曲线
便成了一位曼妙的舞者

孔雀跳舞的时候
无须搭配音乐，灯光和节奏
只需要空气、草地、露珠
还有笑声、阳光、风铃
一根羽毛的掉落
足以让整个世界变得安静

笑话人生

一个笑话该如何去描述
才能把人笑得前仆后仰
你舞动着唯一的胳膊
口沫横飞地讲述，像叙述自己人生
那么深情，那么坚定

我每次关心的，不是笑话
而是你讲笑话时的眼神、嘴角、额头
的皱纹
你每讲完笑话，把头一偏
陶醉闭目狂笑的样子
要比笑话本身更让人开心

桃花

那一夜
又见桃花飞舞
又一片片凋零

只见桃花飞
一片片沾满了
忧伤的魂

桃花纷纷飞舞
犹如那一夜春雨
如你不愿说出理由的哭泣

阁楼的窗框前
桃花一片片
落入春泥温润的缠绵

桃花飞
飞过红润的双眸
飞入黏黏的梦幻

秋海棠

我坐在远行的车上
望着窗外的山川河流
路边漫步的你
俨然草丛中一支孤兀的秋海棠

这一刻，终于折服
你那自信从容的气质
苍白的记忆，多了一丝娇艳的红

你一定在草丛里站了好久
等待一辆远行的车
竟无意间静坐在我的身旁
遥望车窗外飘浮的白云

你滴溜转动的那双眼睛
也许沉默太久
禁不住四处眺望的神情
宛若春破梦晓的悸动
找不到一抹岁月的伤痕

你说话时声音
好似咬了一口熟透溢水的雪梨
脆爽甜蜜在心里
又像夜莺在暮春深夜里清唱

你那优雅但不华贵
秋海棠般的容颜
在这悠然辽远的深秋
而我，想用诗人的情绪
写一首秋歌
牵住你流浪的灵魂
夜夜装点你秋海棠的梦

槐花

一簇簇
浓郁的紫色飘香
在乡间的路上
在春末连着初夏

她没有模仿百花妖艳
只在风中摇曳着单薄身姿
一朵朵相偎
凝聚成玉瓶般挂坠
她没有仿效娇羞
一穗穗情怀
早已与浪漫邂逅

一树树摇晃
流露出五月里恬静的忧伤
槐花盛开的季节
你悄悄钻进我的诗篇
眸子里送我一汪清凉夜露

槐花盛开的夜里

思念正浓

犹如忽明忽暗的记忆

犹如一缕缕前世幻化的魂

开在尘世，开在旧梦

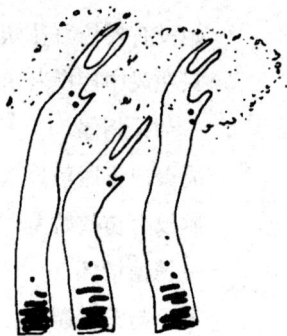

相见

青青子衿，心有千秋
多日不见，不知嘴角的酒窝
是否笑得烂漫依旧

我偶然抬头
看见你那双痴痴的黑眼睛
呆呆的，说不出话
你我相顾无言

青青子衿，情丝万种
失踪几日，不知竟留给你
处处无法信赖的阴影

我不敢抬头
害怕对视你大大的黑眼睛
她会说话，真的会说话
我能读懂刹那间的喜悦
和烟花般燃放的真情

月桂女孩

如果说没有窒息的感觉
心就不会太累
那我宁愿选择
为你心累到憔悴

我不相信网络的神秘
更不相信距离能产生美
只相信，遇见你时
这种无法正常的呼吸

我闻着桂花香
望着弯弯的月亮
此刻我幸福的感觉
只想说给你听

就像秦时明月里
盖聂说想要变强
明月只能用手中的剑
来证明一样

月桂树下我为你写诗
为你品尝
月桂花酿造的
千年桂花酒香

真的很喜欢
那个纯情善良
桂花般幽香的姑娘

雪下得如此平静

漫步在春天的早晨
感受着雪花飘落的姿态
一朵一朵
恰似我此刻无法安放的心情
来得那么淡
来得那么轻

我伸出双手
想拥抱一份纯真
却无意间揉碎了
她的心

断断续续
飘落着的雪花
风儿在刮
窗儿在响
鸟儿也在叽叽喳喳

零乱细碎的雪花

来得那么淡

来得那么不同寻常

摇曳着的雪花

慢慢飘落

又很快融化

若有若无

飘落着的雪花

来得那么淡

来得那么心不在焉

如你一般的雪花

拂过衣袖

又很快消失

恰似不留痕迹的细沙

相遇

本以为
所有的相遇，都只不过是
惊鸿一瞥
却未曾想
所有的起初，都为了
一个果断的诀别

本想着，岁月总有
无尽的美好
和洗不尽的铅华
却不知，恰在
最惊艳的一刻
时光已定格

如若那风
假如，头发在飘动
青葱的滋味，咬在舌根
吞下万物的各种透悟
就像枯木又逢春

什么是风
恰似，一股飘忽不定的淡影
自然凝练的精华
总能聚成各种灵气
被修行者炼化

如若那路边的银杏
无视四季的更替，只一心
把各种记忆
编制成无穷的翠黄，刮过
又不断撩起

一如年轻时的轻狂
幼时的清纯，总想把
天边滚滚流动的
白云，摘下来
尽情拥抱在怀中

躺着

孩子的嬉笑
伴着篮球的碰撞
演绎岁月如歌
如一曲——你的样子

秋日让人缱绻
让人困顿
暖阳跟沙发一样温暖
我只想躺着想你

想
你

当风吹过你的裙摆

我仰头

看到树叶在空中

模仿你走路的姿态

你摇摇摆摆

像一颗成熟的果子

在树梢尖晃动

飞虫

就在一棵树和另一棵树之间

荡秋千

星星

隔着一朵云和另一朵云

眨眼睛

匆匆的脚下

总散发着草香

和你踩不烂的影子

思
念

我曾在烈日下写诗
纪念逝去的
又忘不掉的人

烈日暴晒
焦土和灰尘
被蒸发起来
弥漫出她走路的姿态

那年夏天
我不敢出行
因为一抬头
眼前每棵树
都像是她的影子

我不敢睁眼
更不敢聆听
每一个女孩的笑声
就如同昨天的她

在我耳边私语

久久回荡在我耳中的
独特的音质
如同身边焦灼的空气
总让我心神不宁
体味着思念的痛

芳华

在冬天里邂逅
爱的风筝飞起来了
要在你的春天里停顿
你牵着我的手
带我走过山花盛开的
斜坡和树林

偷偷看你的模样
默默唤你的名字
会把昨天的不开心，都忘掉
因为你不经意间的偷笑
赶散了芳华里的冷清

我会做一个同样的梦
从梦境中醒来
辗转反侧无法再入睡
满脑子都是你的样子
你是否同样梦醒后
睡不着，想我

旅行

一

我们约定一次旅行

只要牵起你的手

去哪儿都有心情

去踏青，看古镇

最后夜宿牧场

清风打开的辽阔

看那蒹葭苍茫

迎风摆动

看那牦牛驻足

凝望远方

二

和你约定一次旅行

只要牵着你的手

去哪儿都是风景

去看看九寨的枯木

烙下时光的沧桑

去听高山流水的旋律

前世今生的向往
去看石头城堡里的倩影
去看铁丝晾晒过的衣裳
再看一眼白衣曼妙
游弋在河边的姑娘

高兴

春天来了
忽隐忽现
像捉迷藏的小姑娘
躲在哪里
哪里就有了色彩

躲在柳树边
柳枝便撑开芽苞
躲桃树下
桃花便盛开花瓣
躲在河边
河水又涨了一圈
躲在山脚
山雨淋湿了头发

万物都想抱住她
都想遮住她，呵护她
不被很快发现

小姑娘已经藏好
寻找的伙伴都来了吗

这么快就到来
又静悄悄不吱声
我一推开门
就听到无数的嬉笑
和童音

牵手

如果把每一步
都走成你的节奏
你牵着我的手
是否能感受到我的心跳
还有我的步调

你伸出一只手
我便迎上一只手
不同的大小
相同的方向

十指相扣
小指相勾
还是其他握法
你说了算
我只负责闭上眼
用心体验

陨石砸中

在一片洪荒地带
太阳隐在云中
一块陨石
从天外飞来

不知来处的陨石
击中了我
穿透胸的痛觉
也惹下了
几滴心疼的眼泪

青紫色的伤痕
伴随着悸动的
抽搐的疼痛
我看到了同行者的
漠不关心
还有忍不住的偷笑
但我也看到了
担心的神色

静默表情
这些都让我触动

肉体经历过的
每一次创伤
终将会被遗忘
但我无法用尽全力
把飞来的陨石
炼化到消亡

在意我的人
总牵挂我的痛苦和忧伤
不在意我的人
抓不到内心辛酸和痛痒

也曾幼稚地想
打开车窗的旅途
都是美丽和无殇
却又遇到很多
意外和猝不及防

我被飞来的陨石击中
不知去处的家伙
穿透胸的力量
带着无尽洪荒

让我刻骨铭心的
却是伊人
婆娑的泪眼
和抽泣的惊慌

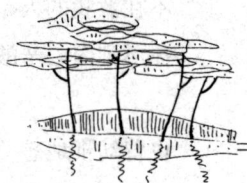

时间轴

让我们一起做个时间轴
手挽着手
胳膊缠着胳膊肘
用身体绕成一条线

线的左边是我
线的右边是你
就算被风干
也要被粘连

夜色

蛐蛐、蝼蛄、青蛙，还有幽会的男女
都躲在阴暗的角落，发出声响
不急不躁和夜色对抗

我也想找一个，见不着光的巷子
或者街角、桥洞
遁形穿过

漆黑的夜里
我怕惊扰了世界的美梦
更怕耀眼的霓虹
刺伤了我
又一次无法入眠

摘荸子

初夏的小树林，碰落了一地露
把草儿撞倒，把鸟儿吓跑
雨里摘荸子的冲动，连着湿漉漉的鞋
和女孩微凉的额角

雨中摘荸子的姑娘
花裙子湿了，头发湿了
清秀的眉毛沾了雨
笑容也湿了

模样

躺到青草地上
躺到你的身旁
闻着花香、草香
还有你淡淡的体香
迷上躺在你怀里
守护那份温存的模样

你久不说话
像草叶一样安静
像花瓣一样甜心

沉思

我为什么要盯着一个地方
看那么久
不舍得移开目光
是因为看懂了
我越来越看明白了
我总是把许多美好的事物
忽略，继而遗忘

是生活教会我领悟
许多迷人的容颜
许多珍贵的记忆
总是平白无故溜走
为何我现在挪不开脚步
因为我爱得更加深沉

长沙

雾如白纱
雾如飞絮的情思
雾气浸泡中的长沙
犹如一位沉睡中的美人
裹在丝绸织的棉被里
恬静，悄不翻身

柔美的雨
妩媚的雨
湘江边的排排垂柳
似额头纷飞的秀发
有江南女子的清秀
浅笑着莲花般的娇羞

车拉草原

喝口酥油茶，哈达更显纯洁
犹如蓝天上飘荡的白云
闭目静躺着，身影很别致
如石头边绽放的龙胆花
迎风歌唱啊，声音飘向远方
打动了沧桑的每一颗卵石
车拉草原，你深不可测
却任意撕扯我的思绪

就在高山巅的车拉
奔跑着一群长发纷飞的藏牦牛
格桑花就开谢在身边
我伸出手想抓住它们
但唯有炽热的太阳，扫射而过
心中只剩宁静
风划过，手心却冰凉

柿子熟了

经霜的柿子
红彤彤熟透
就挂在那坚挺的树梢尖

你独自一人
骑在了柿子树丫
拿着一根长长的
竹竿夹
像挑着一盏盏
红灯笼

我也兀自一人
跺着脚
就站在路边
看着过往的车
和旁边的
清溪

高远的蓝天下

宁谧的村落里

青色的烟

袅袅升在铺满雪的冬

一只大公鸡

哈着满口的雾气

也立在青瓦的村舍旁

头顶

还缀着一簇簇

晒干的红辣椒

绿绿的麦苗

依依在路边

抛却了冷

只有了静守

和期待

余香

清晨的山峰
铺满皑皑白雪
明媚的阳光
不会让它融化
背阴的角落
总有冰封的模样

冬至的村庄
几枚柿子，挂在树上
那是农人留给喜鹊的冬粮

寒冷的季节
我徒步在河床
清幽的河水
如同岁月般匆匆流淌
脚下的浅滩
却有一汪圣洁在闪亮

我看见几丛翠竹精致细长

纤细的身躯始终在努力生长
摇曳的身姿
总想赠人清爽

我看见一簇牡丹富贵吉祥
悠闲的姿态
留与世人的是遐思与花香

静
谧

黑黢黢的壮汉
推着耕机，杵着头
默默在地边赶路
疲惫劳作的汗浸透
他苍白乏力的脸

无处不在的蝉鸣
裹着一股股的暖风
把苍老的树叶
摇得哗啦啦
哎，这些荒野散居的
野蛮群落
太聒噪啊

就在一个随意的
秋初黄昏
这满溢着泥土的味道
我看见了
黄灿灿的苞米

堆放在农户院落
一个俊俏的媳妇儿
抱着幼儿蜷坐
在苞米上喂奶

冬天

一如初冬的溪水
泛着清波
盈盈光滑的波面
映出我炽热的眼神
跳动的心窝

风挽着风走出角落
抚摸倾洒如瀑的暖阳
揉在粼粼的波里
零落一片片金色

心中的小村庄
一缕炊烟升起
飘过熟悉的味道
惊起池塘里沉睡的记忆

太多的烦琐
也如炊烟般碎了
树叶掉光了
只剩下一颗颗红果

春色

想在春风里
在黄昏的金色光晕里
爬到低低的山包上
望着远山
感悟一份宁静

看山坡的橄榄苗
熬过了冬
轻摆着身子
就连每一段枝丫
都发出了舒展筋骨的
声音

看地里的蒜苗
也熬过了冬
褪掉几片干黄叶子
重新露出细长白嫩的躯体
准备喂养饥肠辘辘的行人

残
败

秋天残败

想把一颗颗野果子

都埋葬进土里

无休止的雨水

肆意霉变

一朵朵树叶都被带去了远方

我回到家时

只剩下光溜溜的树枝

还有蚂蚱、甲壳虫

螳螂的尸体

零落一地的金黄

被啃得面目全非

眼睁睁看着风起

要吹走一整片森林

甜美

秋天甜美
每一颗熟透的果子
都张着小口溢出汁水
毛毛虫撕扯叶子
幸福的还是悲伤的都不去想

沉甸甸的心里
像刀割过每一片金黄的稻叶
落地成泥，遇风即化

黄林沟

几只野鸭在绿潭里拨弄羽毛
整个水面都是它低着的头
原地打转画出一个个旋涡
波光跟行人和车辆无关

我们透过车窗大声呼唤
野鸭子，野鸭子
鸭子们只是轻轻偏了偏脑袋
继而游向远处的水草丛

心里有点失落，有点无法接受这种冷漠
黄林沟树叶凋落，浅滩的鹅卵石别离
又聚散
村庄飘出忧伤，山顶覆盖了雪花

群落

天池顶上居住的部落
是一群淳朴可爱的人儿
他们日日与山水为伴
和每一棵树为伍
传承丛林生存的规则

去天池，细数排排村落
大小高低记着对错
应该唱一首独属这里的歌
让歌声越过山水，越过娇羞的姑娘
越过那绿宝池
跟满脸通红的小伙子碰酒

趁太阳下山前
要在牧场点起篝火
跳藏族锅庄，烧窑藏土豆
吃经霜的卷心菜稍带甘甜
天池水煮出的清茶
喝入口略咸

衡山

南天门所有的古树都静悄悄地伫立
淋着雨丝，依着天空凝望
在烟雾朦胧中守着
替每个过路的游客双手合十
一种祈祷，一份祝福

游人们大多忘了来路
更记不清去处
他们只顾大声笑谈，不停攀爬
不知一路上忽略多少棵古树
多少座亭子，多少个无字石牌

仿佛一眼望去都是无数双手
在争相拍照，摆弄身姿的留念

无意中又对视几双蓝色的目光
沾满晴空天色
坐在冰凉的石凳上

一股暖流从心头涌出
山顶的每一次邂逅，相遇
就像祝融峰上香客们初次打招呼的声音
都是难舍难分
都想对一段岁月进行铭刻

红色两当

看满山红绿翡翠，扑过来
拍打着大巴车
还有黄色似金的银杏
对，就是银杏，也扑过来
想要钻进车窗
告诉一双双眼睛深深记住
这迷人的红色两当

我们真的来了，一路欢声笑语
满山的红叶，红得像革命先烈的热血
我们不断找寻，那段山水间
烈火重生的往事

凝视

路边等车，与一辆辆满载的公交擦身而过
靠窗一排人都弓着腰，盯着手里发亮的屏幕
一个原本的通信工具，未曾想蛊惑人心
抖音、火山、快手、美拍
微信、淘宝、股票，这些冰冷的程序
让太多人中了蛊毒，机械地活着

窗外的空气新鲜，开放的梅花
兀自像一团团火般燃烧
阳春三月里，有太多美好值得凝视
凝视一朵花苞，直到花瓣一一绽放
凝视黎明星空，直到骄阳升起
凝视路过的美丽女孩
直到发现惊喜的眼神，羞涩的笑

玉贩子

太阳只有在冬天，才跟地摊上那壶热茶
有着千丝万缕的联系
就连茶杯冒出的热气
都被阳光染上了七色

拆迁区一块破败的空地上
玉贩子被一群群人围起来，鉴定真伪
讨价还价，周师傅也在里边
他端着茶，背晒着太阳
跟每位熟人寒暄
笑呵呵像个和事佬

他脸上的表情
跟玉石店看到的一样朴实
线条般的眼睛，刻印在沧桑脸上
我上次见到周师傅
他蜷曲在椅子上睡着了
门外依旧晴天，太阳照在他腿上
也照在那桶吃了一半的泡面上

晚
归

风吹了千年，路灯昏暗
风吹冷了无数个夜
每个游魂都觉得凉寒
就连喝醉的人都站不稳脚跟
颤颤巍巍，牵着一道道影子
慢镜头拉伸了整个冬

风犹未停，吹过晚归的女孩
吹过齐耳短发，推着自行车
吹过黑裙带，风在夜里还跟她对话
声音听似很甜，可以治愈伤口

我蓦然回首，望见她面容黯淡
安静的表情全被夜色渲染

馍馍渣

刚在餐厅吃饭的时候
我看见并排坐的女孩头发里，有馍馍渣
赶紧提醒一下，或不留痕迹地取下
再抚顺她的头发

我怕我的介入，尽管举动轻微
定会打破现场所有的安静
我怕我的善意，虽然无伤大雅
但会打乱此刻的磁场
就像一根针掉入漆黑的夜
寂静的空气里，心跳会莫名加快
脸色羞红，好像面前这杯无人认领的葡萄酒

小野花

神农氏肯定尝过你的味道
永乐大典里，估计也能查出你的身份
就在此刻，我真的不知该如何称呼你
就暂且叫你小野花

长在深山峭壁的缝隙间
努力开放的样子，着实打动了我
如果不低头，我肯定会错过渺小的你
也许，一股风就能将你彻底摧毁

你把自己开得那么卑微，轻附在干涩的青苔上
细嫩的叶子青翠，花瓣显得浓烈
而围在你身边的，除了凌乱的野草
就剩一堆枯败的落叶

你这样的挣扎，我知道
只想给自己和春天有个圆满的交代

油菜花

碧口的油菜花，一片连着一片
有一种颜色在路的两边蔓延
经过的人感觉浸泡在黄纱里
大人们喜欢看的花，都陪着娃娃一茬茬长大
儿时的记忆，就在一朵朵花瓣里一一消散

油菜花啊，油菜花
为了证明自己，你把所有的颜料
毫无保留地泼出来
就连拨弄花粉的蜜蜂，都是黄澄澄的
春天被你纯粹的底色染得微醉

闭着眼，嗅一口空气
就能闻到一股淡淡的花香
在每个人心里，都有一片油菜地
每年只开一次，从里到外都是绽放后的喜悦

春
悟

我看到路边的梅花
跟床上的红毛毯
是一个颜色
或者更像姑娘嘴唇的口红
绽放的样子，比任何时候都从容

世界从未改变
经过的每一个季节都似曾相识
昨晚后半夜一场春雨
来得太突然，让万物萌发生机
醒来后，我睁着一双清亮的眼睛
看见一片野杏花，落满山坡

一个法官和他的诗意人生

包 苞

认识关君很久了，不知他也写诗。

写诗不是一种职业，我不会劝谁写诗的。

当关君把他的诗集送到我的手上，说实话，我有点诧异。我知道现实中的关君是一名法官，从事维护公平与正义的工作，政绩卓著，年轻有为。这么多年来，我国司法制度建设取得了长足发展与进步，但也付出了惨痛代价，这对于一个诗人来说，有时，会对从事这个职业的人有一种说不出的芥蒂，好像，每一个司法人员都有违背良心的嫌疑，殊不知，我承受的对他们的不理解，他们也在加倍承受。所以，当我拿到关君的诗稿，有一种说不清的期待与不安。

事实也是，从文本来说，这本集子只是诗人内心的呈现，世界在他面前纷纷解构成桩桩美好，比如蒹葭、树枝、狗尾草、小兰花、三叶草、苔、红嘴鸥等等，如果按照当下文本标准要求他，这未免有些苛刻，但是，如果结合他的职业，却又让人心生欣慰。有人说，眼里之物便是心上之物，这话很对。当一个人眼里有了诗，心里才有。换句话说，当一个人内心有了诗意，他的眼里才有美的呈现，而一个人如果心里没有美好，他的文字再如何优美，都不过是一种伪饰而已，文字与他，不过是敲门之砖。而关君让我高兴的一点是，他首先能发现这个世界的美，能把这些美从身边芜杂纷乱中剥离出来，分解出来，他的眼里是有

"诗"的，或许这正是他日的浩荡之源。基于此，我并不苛求他的文本，只要求进一步呵护那些眼里之美、眼里之诗，从而让诗歌之树在内心茁壮起来。更何况，对于一个手握生杀的法官，眼里有美有诗，总比心头无诗必然会更有正义，至于他的诗，那只是沃土上的青苗，时间会催熟它的。

最后，我以一个诗人的名义，祝福关君，诗歌之树常青，心头之美，常在！

戊戌岁末·西山梁

包苞，本名马包强。1971年生，甘肃礼县人。中国作家协会会员。鲁迅文学院第二十届高研班学员。甘肃省第二、三届"诗歌八骏"之一。2007年参加诗刊社第二十三届斋堂青春诗会。曾出版诗集《有一只鸟的名字叫火》《汗水在金子上歌唱》《田野上的枝形烛台》《低处的光阴》《我喜欢的路上没有人》《水至阔处》等六部。

心中有诗的法官

——读《冬日里的小兰花》有感

曹 治

　　关君和我是好友，都热爱文字，喜欢诗歌。在工作之余，我们时常聊一些与诗歌有关的事，人和文我都熟知。

　　关君既做法官，又做诗人。诗歌是属于精神的。诗歌是灵魂的歌唱，是纯净心灵的震颤，是良知的呐喊。诗歌一定有润化心灵的功效。一个心灵刻着诗歌烙印的法官，内心一定更加接近公平正义的本源，更加接近真善美。法律和诗歌是人类理想之树上两朵并蒂的花蕾，是诞生在同一张温床上的孪生兄弟，有着相同的精神内核和血脉，得其一者，已属可贵，关君的心灵能居二者，实在令人仰羡。

　　歌者心灵的旋律一旦扩散，足以让吟者感怀。带着艺术的潮湿，关君的诗歌润泽着生命的每一个细节。对诗歌境界的追求，已经成为他经年累月重要的精神支撑。他的笔尖，就是心思的流露，起笔之处是具体的、可感的，也是我们目光所及的平凡事物和朴素生活。

　　《冬日里的小兰花》收集了百余首诗歌，在这本诗集中，讴歌自然，叙写祖国山川的诗句处处可现，甚至跨越了陇山，行文到了陇山之外的大好河山，读着让人感到亲切和熟悉。比如《牧民》《小路》《长沙》《命运》《旅行》……这是一种博大的人文自然情怀，是诗人发自肺腑的感叹。在人与自然面前，人类的沉思比山更伟岸。可以说，是自然给了诗人灵感。但这样司空见惯的景物，只有博大的胸襟才能纳入，才能酝酿成琅琅的诗句。这是诗人眺望生活的浪漫。正是这种诗意的生活，让诗人拥有了一颗朴素高远的诗心。

我在他的写作里感受到了诗人的敏感，感受到了生活细节里弥漫的疼痛与惆怅，也感受到了对未来的祈祷和期盼。这些带着痛感的文字，是一个诗人对苍茫世事体察和感悟，是美好和忧伤。这是诗人用文字呈现的心事，这其实也是写作的意义。

最后，希望有缘打开此书的人们，多一点理解和祝福，少一点苛刻和批判，关君毕竟是一名法官，他对法律和正义的严谨习惯，难免会对诗歌语言和意境有所影响。心中有诗的人，灵魂是干净的，一位法官心中有吟不完的诗，便是这本诗集的最大价值。

2019 年 2 月 26 日

曹冶，甘肃省作协会员，《甘肃法制报》记者、诗人。

后　记

李关君

　　诗歌与我，是挚友，我可以肆无忌惮地抒发感情和倾诉心灵；也是家园，我可以抽身于杂乱斑驳，回归宁静恬淡的生活；亦是港湾，是结束颠沛流离的漂泊之后的休憩和生养；更是人生站点，我可以时刻回顾岁月里走过的脚印并憧憬美好而苍茫的未来。

　　我一直想，如果一名法官，心底有了真善美，有了诗意，除了可以用心去感悟人生和领略生活外，更能担当起维护和坚守公平正义与人类良知。于是，我站在我的视角，用文字表达我对世界的感悟和思考，虽然不深刻，但是很真诚；虽然不尽雅致，但全然是我性情流露。我将诗歌整理成诗集出版，亦不求青史留名、名扬四海，我只对自己人生历程有一个交代和一种纪念，只为我本人精神世界的释放和洒脱，我不刻意追求写作技巧和表达方法，我只有发自内心的本真和率直。当然也确想通过自己微薄的力量，来感召和影响世人守住世界和人性的美好。

　　法官亦是人，是人就有饱满的感情，而诗歌这颗文学殿堂里最璀璨的明珠，文体不长，包罗万象，空灵优美，便成了我选择的创作方式。中国诗歌长期受旧体诗歌格律音韵的影响，大多数人认为"无韵不成诗""有诗意的语言不是诗，押韵的语言才是诗的语言"如此等等，而我却喜欢自由体新诗，只有新诗，我的语言才可以自由灵活，思想感情才可以畅所欲言，见解和观点才可以淋漓尽致。随着网络诗歌的出现，自由体新诗也疯长起来，一发而不可收，大有泛滥成灾的嫌疑，但我绝不会随波逐流，只愿守住干净的内心。

我一直认为，缺失意境美的诗歌绝不能算好的诗歌，而我的诗歌只是我努力追求这些美好的见证。在未来的旅程中，我将始终坚守本真，用一名法官的语言，去挖掘优美、壮美、恬美、凄美或者某种爆发美的意境，带给大家或炽烈，或婉约，或奔放，或轻柔，或亢奋，或绵长的独特感触。